안부인사,
괜찮은가요?

김연서시집

시가 되어 보내는
긴 편지

김연서

너에게 보낸다

모두 사라져야 하는, 해서는 안 될 말들입니다.

그럼에도 이런 초라한 말들이 자꾸만 제목을 달고, 종이를 비집고 나오는 것은 내가 아직 할 말이 꽤 남았기 때문입니다. 할 말은 꽤 많으면서 정작 중요한 말은 자꾸만 숨겨두는 나의 오래된 버릇이 이런 사라져야 하는 말들을 만들었나 봅니다.

그리움 한 조각 붙들고, 가끔 찾아오는 단어 하나, 문장 한 토막에 기대 자꾸만 글을 썼습니다. 그저 조금은 외로운 혼잣말, 조금은 힘겨운 한숨들을 모아 썼습니다. 그걸 주변 사람들에게는 시라고 소개했습니다. 어쩌면 내 자신도 이 모든 것들이 별 볼일 없는 글 몇 토막이라는 걸 알고 있었는지도 모르겠습니다. 그래서 퇴고도 거치지 않고, 제목조차 붙이지 않고, 내용조차 외우지 않았는지 모르겠습니다

나는 누구에게도 닿지 못할 글을 쓰며 누구에게나 닿을 시를 쓰기를 소망합니다. 그 어떤 결론도 내지 못하고 단어 그 자체만 맴돕니다. 미래형 시제를 자주 쓰며 과거의 상처를 핥습니다. 그 무엇도 사랑하지 않습니다. 그러나 이런 아이러니들을 거쳐 글을 쓴다는 게 모든 작가들이 그래왔던 일이 아닌가 싶습니다. 무엇 하나 확신이 드는 일이 없는 요즘에 들어서야, 나는 글을 쓰고 싶습니다

이천십팔년 사월이십오일 김 연 서

Part 1

스케치 같던,
단색에 명암조차 없던 나의 일상에
네가 잠시 스쳐 지나가며
온통 색칠해 놓은 적이 있다
너는 나에게 커져가며,
나는 그런 널 사랑하며

47 105 98 84 62 42 57 59 30 14 10 5 6 3
1 2 117

보내며

그대 나에게 설렘을 선물하여
나 그대에게 사랑을 준다

바래진 햇빛이
먼지 낀 창문을 타고
그대 얼굴에 닿아
작은 솜털과 볼을
황금빛으로 물들일 때
그대 흰 손 조금 벌려서
작은 반지 하나
놓아두고 싶다

우리 손잡고
마주보며 걸어갈
시간과 사랑이

나에게는 설렘으로
그대에겐 사랑으로

2016.9.17

혼자서 하는 사랑

당신 마음속에
내 자리 없다는 거
누구보다도 내가 더 잘 압니다
당신은 나에게
너무 벅찬 존재라는 걸

그래도 내 안에
당신 자리 비워놓고
바보처럼 당신을 사랑합니다
나 혼자서 하는 사랑
언제나 떠나지 않도록

2017.11.16

눈

밤이면 별을 담고
가을엔 하늘을 담고
여름엔 햇살을 담는,
너와 마주보는 나를 담고
너와 걸어가는 웃음을 담고
마지막 날엔 눈물을 가득 담았던
당신의 눈,
그야말로 소우주가 아닐까

2017.9.23

어이구

아무렇지도 않게
갑자기 흘러나온 웃음에
네가 물씬 배어있다
이대로 네 이름마저 부르면
혀끝에도 비누향이 날 듯 하다

언제라도 볼 순 없지만
언제든지 떠올리며
어디든지 닿아있다

너, 이미 나에게
꽤 깊숙이 들어왔구나

2017.6.17

뭐든
흘러넘쳤다

사랑이란 말에 널 가두기에는
사랑도, 너도 너무 아름다웠다

그저 밤마다 널 떠올리기엔
그저 시 속에서 널 찾기엔
밤도, 시도 너무 길었다

넌 너무 아름다웠다
너무 아름다워서
네 이름 부르지도 못하고
너에게 다가가지도 못했다

사랑한다고 말해주기에
넌 너무 아름다웠다

2017.1.15

산책

눈 쌓인 길머리를 치워 들어가
집에 앉아 있는 널 찾는다
밖은 추우니 안에 있겠다는
네 말이 어쩌 더 춥다

얼어붙은 무릎으로 쌓인 눈을 뚫고
짧은 산책에서 돌아와 또 널 찾는다
이토록 가까이 있어도
손조차 잡지 못하는

오늘, 겨울날이 길고 싫어
허연 눈을 자꾸만 밟는다

2016.8.6

카네이션

당신은 아름답습니다
꽃 향기가
또 당신의 색깔이
너무도 아름답습니다

길모퉁이에 아무렇게나 피어 있어도
지나가는 사람사람 모두 붙잡아
잠시나마 당신의 모습이 취하게 만드시는
그대라는 꽃,
참 아름답습니다

붉은 카네이션
당신을 열애합니다
당신에게 붉은 빛깔을 더하려
시를 쓰는 나라는 색깔
당신을 열애합니다

2016.12.16

그대
잠시만
내 곁에

금방 떠나가리라는 걸 알아요
나라는 사람은 금방 식어버린다는 걸
아름다운 그대를 곁에 두기엔
너무도 초라하니까요

그러나 그대
슬픔 안고 찾아온다면
곁에 잠시 머물다 가세요
그대 외로움 달래줄
그대의 자리 마련해 둘게요

그대, 가끔 슬퍼하는 걸 알아요
아무리 밝은 그대라는 사람도
그래 가끔은 눈물 흘릴 수 있죠

그러나 그대
눈물로 부어버린 눈가를
난 결코 외면하지 않아요
그대가 베고 잠들던 내 어깨 위로
눈물 다 쏟아내도 괜찮아요

나 그댈 위해 살아온 건 아니지만
그댈 만나려고 태어났다면
정말 좋겠어
그래 그대는
내 곁에 잠시 머물다 가세요

2016.12.24

그대는

연못과 같은 그대 눈에
까맣게 번진 눈동자가
어찌 바다를 담고 있는 것 같아
그 속에 빠져서 바닥까지
가라앉아 보고 싶다

여린 미소를 담고 있는
그대의 입 꼬리
쫑긋 새침스래 올라간
그대 수박의 속살 빛 입술
그 입술로 내 이름
부드럽게 불러준다면

바다 같은 눈망울과
신까지 시샘할 입술 사이에서
당당히 아름다움을 뽐내는
그대 코에게 감사한다

그대 귀엽고 사랑스러운
콧소리 만들어주어서

2016.5.7

나의, 그대의 모든

그대 모든 슬픔
내가 삼키리라

나의 모든 행복
그대에게 선물하리라

또 나의 모든 사랑
그대에게 보내리라

나의 모든 사랑과 심장을
그대에게 보내리라

그러나 그대의 사랑은
그대의 것

그대는 그저 그 아름다운 시선
이쪽으로만 던져준다면

2015.11.19

안아줘요

그렇게
웃음으로 감싸줘요
따뜻하고
애타도록
사랑으로 감싸줘요

가끔 힘에 겨워서
취한 듯 비틀거리다가
털썩, 힘 없는 낙엽처럼
넘어져 버렸을 때

날 안아줘요
영원히
그 따스한
웃음으로 감싸줘요

2015.10.22

스땁

네 앞에만 서면
모든 게 멈춘다

파도 치는 머리 결이
가닥가닥 다 보이고
너에게서 눈길을 뗄 수 없다

그런데도 네 앞에만 서면
소심한 건지 바보인 건지
아무 말도 꺼내지 못하다가
어느새 사라진 널 찾아 두리번거린다

오로라를 처음 본 탐험가처럼
비행기가 날아가는 모습을
처음 본 아이처럼

2015.7.24

내가 하고 있는 것

가깝진 않지만 자각하고 있어
더는 멀어지지 않을 만큼
다가가고도 있어
너는 보이지도 않고
잡히지도 않지만
그래도 찾으려고 떼쓰진 않아

가까워졌으면 해
널 알아
사라지지 않게 쫓아가고
어디서든 보고 싶고
괜스레 생각나
그래서 널 찾아보고 싶어

널 매일 밤 사랑에 번진,
슬픔으로 변할 꿈에서 만나

2015.8.5

3
—
네
바람에

콧바람 같던 네가
언덕길을 지날 때쯤
시원한 산들바람이 되고

산 중턱을 지나니 넌 이미
내 맘을 두드리는
들개바람이 되었다

네 집 앞에서는
용오름이 되어
먼지를 일으켰고

다시금 문을 닫자
태풍이 되어 문을 두드리었다
창문마저 날릴 듯 하더니

이제는 창문마다 맺힌 너의 이슬이
한없이 떨구어져서는 땅에 닿아
모든 대지를 적시고 나서야
모습을 감추었다

내 맘을 후벼 파며
귀청을 사정없이 때리는
네 바람에 난 날아갈지도 모른다

2015.6.11

그대를
사랑했기에

그대를 사랑했기에

그대가 가장 아름다웠고

그대를 사랑했기에

그대가 아픈 건 싫었고

그대를 사랑했기에

또 사랑하기에

그대보다 내가 더 아픕니다

2015.4.18

꽃에게

꽃처럼 피어날 당신에게

나는 당신에게 비치이는
한 줄기 빛이고 싶었습니다

꽃처럼 피어날 당신에게
당신에게 비치이는
그 빛이 내가 아니더라도
당신에게 비치이는
빛을 막는 벽이 된다면

만약 내가 당신의 빛을 막아
당신을 슬프게 한다면

나 또한 슬퍼 허물어질 것입니다

2015.5.21

사랑할 수
있다면

요즘 같은 겨울날

거실에서 이불 펴놓고

네 품에서 잠들 수 있다면

가끔 주말쯤에나 만나

카페 주변이나 서성이며

손잡고 돌아다닐 수 있다면

매일 밤마다 혹은 일어나자마자

잘 자라고 잘 잤냐고

전화해 볼 수 있다면

그저, 너를 좀 사랑할 수 있다면

2018.2.25

Part 2

넌 그리워해야하는 날이
겨울비와 함께 찾아왔다
넌 언제나 그곳에 있었지만
내가 널 떠나야 했음으로,
널 그리워하며

72 109 99 92 86 85 80 66 94 26 58 31 49 56
41 20 19 18 15 13 9 8 115 118

항성으로 가다가

얼마나 많은 시간을 밟아야
널 다시 만날 수 있을까
어두운 밤하늘, 나의 별도
언젠가 서로 닿을 듯이
우주를 헤엄치는데

얼마나 많은 별들을 건너야
네 손을 잡을 수 있을까
끝도 없는 시간을 밟아
헤엄치는 밤하늘은
어둡기만 한데

얼마나 널 그리워해야만
너에게 다시 닿을 수 있을까
아무리 빛나는 너라도
어두운 나에겐
지치기만 하는데

2017.3.25

울어야 하나

울어야 하나
어느새 당신도 떠나
부쩍 추워진 이 겨울을 나는

울어야 하는 녹아가는 눈처럼
힘없는 길 고양이들을 마주칠 때마다

나는 울어야 하나
정처 없이 미끄러지며
집으로 향하는 나는 지금쯤

나는 울어야 하나

2017.12.16

벌써

계절이 가고
옷 몇 벌 더 꺼내 입으며
벌써 또 이렇게 됐구나,
합니다
너와 만나고서 벌써
너와 사러 간 옷을 벌써
너와 이별하고 나서

그리움만 두고
시간만 멀리 가버린 건가요

2017.9.30

편지 4

잘 지내는지
문득 내 사진을 보다가
너도 가끔은 내 생각을 하는지
내가 남기고 간 흔적들에
가끔 눈물을 흘리곤 하는지

날 사랑했는지
우리의 뜨겁던
빗물 가득했던 여름날을 기억하는지
나의 목소리, 너의 목소리
함께 울던 그 계절을 기억하는지

그리워하는지
우리 함께 했던 사랑을
가끔 떠올리는지
울먹이던 나의 사랑을
가끔은 그때로 돌아가보곤 하는지
단잠의 얕은 꿈속에서라도

2017.8.12

오늘만
외로웠다

오늘도 난 네 이름을 부르며
잠에서 깨었다
아마 새벽녘으로 넘어가 버린
희미한 꿈속에서
널 놓쳐버렸겠지

어제도 난 네 이름을 부르며
잠에 들었다
이젠 네가 그닥 그립지 않은 날에도
습관처럼
지루한 네 이름을 자꾸만 부른다

어제에 오늘을 더하며
오늘로 내일로 넘어가지만
너와 난
어제도 있었던 것 같고
내일도 있을 것만 같다

네 이름을 부른
오늘만 없으며

2017.7.1

너와

내 한 쪽 귀퉁이를 너에게 떼어주고
네 한 쪽 귀퉁이로 들어가 살고 싶었다
그렇게 조금씩 네 거, 내 거 하며
서로를 와락 안고 싶었다

난 구석이 없었다
이미 사랑으로 가득 찬 너는
외롭다며 투정 부리는 어린아이였고
난 구석 말곤 없었다

그래서 난 널 안고 있어도
너의 품을 느끼지 못했나 보다

2017.6.24

미련

날 가끔 안아줄래요
잠시나마 당신과 함께한다는
착각에 빠질 수 있게

사랑 같은 건 바라지도 않아요
그냥 날 좋아한다는 거짓말
가끔이라도 해줄래요

보고 싶다는 말,
한 번만 더 해줄래요
밀어내고 밀어내요
딱 한 번 더 찾아갈 수 있게

2017.5.20

사랑이었을까

아무리 모자란 나라도
너에게는 사랑이었을까
너도 지금 나의 자리를
그리워하고 있을까

아무리 못난 나라도
너에게는 설렘이었을까
너도 날 떠올리며
숨이 몇 번이라도 멎곤 했을까

난 네 사랑
한 귀퉁이라도 차지하고 있을까

2017.2.11

호수

너와 마주친 날
날 보며 웃어주던 네게도
내 어깨에 기대어
가만히 날 올려다보던 네게도
그 호수가 있었다

모든 빛을 반사시켜
반짝이던 네 호수에 빠져
밑바닥까지 가라앉아보고 싶다
널 사랑한다고
네가 그립다고
어떤 말도 해줄 수 있을 것 같았다

차가운 겨울 비 맞으며
날 밀어내던 네 두 눈에서
나의 작은 호수에서
뜨거운 눈물이 흘렀다

2017.8.27

목련꽃

떨어진 흰 꽃잎이
검게 썩어간다

일찍 핀 만큼
일찍 떨어졌고
일찍 썩어버렸다

첫 꽃은 묵은 기억 속에서
썩어간다

2016.4.3

58

없었던 걸로 할 수 없니

우리가 나눴던
달콤한 말들도
슬프단 말들도
미안하다고 끝없이
사과하던 눈물도
모두 없었던 걸로 할 수 없니

그날의 가증스러운 추위도
날 기다리며 보냈을
지루한 시간도
모두 없었던 걸로 하면 안 되는 거니

우연만으로 찾아온 너와
어렸던 나를 모두 없었던 걸로
또 우리의 사랑도
첫 눈맞춤도
다 지워줄 수는 없니

그리고 다시
똑같은 웃음과 목소리로
내게 찾아와
인사를 건네줄 수는 없니

2016.12.18

후회되며

내게 다가온 그대에게
따뜻한 말 한 마디 던져주지 못했다
내게 안기라고
두 팔 벌린 그대에게
달려가지 못했다

매일같이 맞이하는
시린 아침을
눈물 걷어내며
온몸으로 받아내는 중이다

일상처럼
그대에게 들어서지 못했던
내 어린 마음에
일상처럼
눈물짓고 있는 중이다

2016.5.14

널 그리다 울었다

그대로 가득 차 있던
이제는 공허함만이 채워진
텅 빈 가슴이
사라진 그대 생각으로
밤을 채웠다

그대 덕분에 웃던
이제는 아무런 표정도 지을 수 없는
텅 빈 내가
사랑한 그대 생각으로
밤을 세웠다

그대가 내 곁에 없는 이 세상에서
어떻게 사랑하고
어떻게 미소 지을 수 있는지

혼자 남은 내가,
이제는 그대 없이 차가운 밤을
어떻게 버텨내야 할지
그대 없이 어떻게 웃어야 할지
그대 없이 어떻게 살아가야 할지
막막함에 소리 죽여 울었다

2016.10.1

일상의 권태

가장 행복했을 오늘
그대와 함께 가 아닌
나 홀로
번화가가 아닌
조명이 다한 골목길을 걸었다

가장 아름다웠을 뻔 했던 오늘이
가장 쓸쓸하고 초라한 날이 되었다
그 어떤 웃음에도 끼지 못한 채
공허한 얼굴로 입만 뻐끔거렸다

그대와 함께,
가장 아름다웠을 오늘을 그리며
집으로 돌아와 시를 썼다
아직까지도 그리운 그대를 그리며

2016.11.26

41
—
독백

이제는 겁이 난다
더 사랑하는 것도
더 다가가는 것도
더 빠져드는 것도

사랑할수록 슬퍼지고
다가갈수록 멀어지고
빠져들수록 아파오는

그댈 향한 내 사랑은
미련하게도
지워지지도 않고
사라지지도 않고
흐려지지도 않는다

나의 사랑아
그리하여 나는 오늘도
책상에 엎드려
그대 이름을 수백 번 쓰고
또 수백 번 지우면서
아픈 가슴을 부여잡고
그댈 그린다

2016.7.30

눈이 녹을 줄 알았다

눈이 왔었다
너와의 마지막 시간은

눈은 살랑살랑 떨어져
땅을 뒤덮었다가
녹아 내렸다

길바닥을 미끄럽게 하고
도로를 물 바닥으로 만들어 버렸다

눈이 미웠다
왜 그렇게 차가운지
왜 날 물바다로 만들었는지

따뜻한 눈이 내렸으면 했다
눈이 녹아 비가 내리면
덥고 갈라진 내 맘을
축여줄 줄 알았다

2016.1.1

너를 떠올리다보면

그래 거기
거기도 갔었지
너랑 가면 뭔가 달랐지
괜히 떨리면서
너와 함께라는 게
믿기지 않았어

거긴 기억하려나
딱히 좋아하진 않았는데
네가 좋다니까 뭐
나도 좋았어

비가 오던 여름에
너에게 달려가던
날 기억하려나

내 자전거 위에서
나만을 보던 네 모습이
자꾸만 아른거려

지금 내 자전거 손잡이에는
너 말고
고장난 벨 밖에 없어

요즘 네 생각을 정말 많이해
그리고 다시 한 번 감사해

날 좋아했단 이유로
그리고
날 떠났다는 사실로

2015.12.24

겨울이라서

찬바람이 옷깃을 타고
온몸으로 숭숭 들어온다
피까지 어는 듯 한 추위에
자꾸만 어깨가 움츠러든다

호 하고 불어줄 손이 없다
호 하고 불어주는 입김도 없다

주머니에 넣어줄 손도 없다
내 손을 넣을 주머니도 없다

같이 두를 목도리도 없다

살이 갈라질 듯이 춥다
몸속까지 시리다

손이 시리이다

2015.12.17

15

당신과
함께한
날들은

그날은 어떻게 할래요
서로의 따뜻함에 녹아버린
그 날 밤의 추억들은

또 그날은 어쩌죠
당신에게 찾아가던
내 설래이는 마음은
다 망가져 버렸으니

그 날도 있었죠
묵묵히 내 상처들을
침묵으로 보듬어주던
당신 입가의 미소를
난 잊지 못해요

난 어쩌죠
당신을 어떻게 잊을까

비가 오는 날에는
꼭 당신이 함께 내려요

2015.11.26

겨울비,
가슴으로 맞으며

밤새도록 비가 오는 밤
설레는 마음과
어쩌면 이라는 기대에 부풀어
아닌 척 해봐도

비를 맞아 차가워진 밤공기가
바람이 되어
얼굴을 세차게 때리고
떨리는 몸과 마음이
더 이상 내 감정을
주체 할 수 없게 됐을 때

언제나 그래왔던 것처럼
하지만 마치 처음인 것처럼
그대는 나에게로 와
아픔으로 떠나갔다

2015.11.13

9
당신이
두고
갔던

그럴 거면 왜
그럴 거면 외로웠던 밤
날 불러주었나요

그럴 거면 왜
당신의 부드러운 목소리로
날 보듬어 주었나요

그럴 거면 왜
과분할 정도의 상냥함으로
날 감싸주었나요

그럴 거면
그럴 줄 알았더라면
미리 슬퍼하기라도 했을 텐데

그럴 거면 왜
그럴 거면
그럴 거라도
난 당신을 떠나지
못했을 거예요

당신이 날 떠나기 전에

2015.10.8

마지막 고백

네가 살던 자리가 아려온다
이제는 아니지만
미칠 듯이 뜨거웠던
내 심장 속에 살던,
네가 살던 그 자리가 아려온다

난 너무 서툴렀다
너무 어렸고
너무 얕았고
너무 장난스러웠고
너무 뜨거웠다

널 사랑했다
너무 사랑해서
너무 행복했고
너무 행복해서
이따금 불안했다

불안 속에 살던 내가
행복의 언저리에 스치니

그때는 가아끔
네가 웃는 얼굴이 생각났다
내 앞에서 잘 웃지 않았지만
그저 상상만으로도 배시시
얼굴에 웃음기가 돌았다

미칠 듯이 사랑했다
어쩌면 너의 그 잔인함에

사랑해서 철이 들었나 보다
사랑해서 고마웠다
사랑해서 미안했다
아무래도 난 널 너무 사랑했나 보다

2015.9.17

53

손

운동하다 손을 좀 다쳤다
피가 좀 나다가 멍이 들었다
네가 예쁘다 칭찬하던 손에
피 멍이 들었다
네가 잡아주던 손을 다쳤다
춥다며 네 손에 가져가던,
주머니 안에서 꼭 잡았던
손을 다쳐버렸다

난 가끔 네 손을 생각하곤 한다
땀이 많고 차가웠던
그러나 내 손에 꼭 맞았던
네 예쁜 손을 생각하곤 한다

탈의실에 앉아
내 손을 끌어안고 울었다

2018.2.3

하늘 사이에 두고

밤하늘은 눈물짓게 한다
유리창 하나 넘어서
그 사이사이 끼어있는
가로등 불빛마저 넘어서
밤하늘은 눈물짓게 한다
너와 내가 저 하늘을 똑같이 덮고 살며
혹은 더 가까이 있을지도 모를 일이며
그럼에도 너를 볼 수 없는 일상이며

밤하늘은 눈물짓게 한다
쏟아지는 별빛마저
쌔애까맣게 가려버린 저 하늘은
나를, 밤하늘을 눈물짓게 한다

2018.3.4

Part 3

난 아픈 너를 자꾸만 꺼내보며 자학하는
정서적 피학증을 갖고 있는
변태일지도 모른다
그리움 속에서도 너를 사랑하며
혹은, 그리움 그 자체를 사랑하며

왜 날씨까지 추운가

왜 겨울은
날씨까지 추운가
더디게 더디게 오다가
잊을 만 할 때 쯤
그것도 새벽녘에만
이불 밑으로 찾아오는가
왜 너도 없는 이 겨울
날씨까지 추운가

2018.1.20

네가 없어서

지금 내가 사는 곳이
우리가 살던 곳과 너무 달라서
난 자꾸 네 이름을 부르나 봐
지금 내가 살아가는 시간이
우리가 사랑하던 시간과 너무 달라서
난 자꾸 네 이름을 부르나 봐
지금 내가 하는 사랑이
너와 너무 달라서
너와 닮아서
난 자꾸 네 이름을 부르나 봐

2017.12.2

여름날, 당신과

그 해 여름
노오란 페인트로
식물관 이라고 쓰여있던
작은 비닐하우스 안에서
꽃을 든 너를 찍으려
카메라를 들었을 때
생전 처음 보는 꽃들 사이에서
환하게 웃는 널 보며
패랭지꽃 나부끼던
그 해 여름을
너와 함께 담은 적이 있다

2017.11.4

정류장, 버스 안에서

버스 안에서
꾸벅꾸벅 졸고 있는 노인을 보며
당신을 그려 보았답니다

언젠가 내 안에서
매일같이 날 품어준 당신을
당신이 갖고 있던 나조차도
모두 내 것 인줄 알았던,
사랑으로 가득 차
눈물마저 아름다웠던
우리의 봄비,

그 봄비 잔뜩 맞으며 달리던
추억 가득한 버스 안에서
당신은 또 꾸벅꾸벅
졸고 있을까요

2017.7.30

호우 주의보

널 사랑한다 했다면
울고 싶은 날에
비가 내릴지도 몰라
흐르는 네 눈물 닦아줬더라면
보고 싶은 날에
비가 내릴지도 몰라

네 눈썹을 닮은 처마 밑에서
네가 혼자 울고 있었을 텐데
내 작은 우산으로라도
널 가려줬더라면
널 사랑한다 안고
네 눈물을 닦아 줬을 텐데

아직도 내 안엔
그날의 비가 내릴지도 몰라

2017.7.9

무정

달이 채 못 차
구석에만 달빛을 비추던
그 해의 시원했던 여름 밤
내 앞에서 온 몸 들썩이며
연신 눈물 닦아내며 울던 너는
참 시리게 아름다웠다

한 손으로 네 볼을 살포시 안으며
울지 마, 하며 눈물 닦아주고 싶었지만
그저 널 일으켜 세우며
왜 우냐, 할 수 밖에 없었다
참 시리게, 아프게 울던
그래서 아름답던 너를

2017.6.11

꿈속에서

너와 함께했던 모든 시간,

모두 한바탕 꿈이었는지도 몰라

너와 함께했던 모든 순간

모두 내 안에만 있는 건지도 몰라

그래서 우리의 사랑이 두고 간 게

아무것도 없는 건지도 몰라

그래서 난 깨어서도 꿈인지도 모른 채

아무것도 모른 채 널 그리워하는 건지도 몰라

2017.4.29

여름으로

네 입 꼬리 따라서
차마 눈 뜨고 보지 못할
그렇게 내리던 벚꽃 잎들이
길바닥에 수북이 쌓이고
발들에 밟히고 밟혀
어느 샌가 사라져버렸다
어디로 흘러 들어간 건지

널 다 덜어내기에
봄이 너무 덜 남았다

2017.4.22

이 밤은

이 밤은 무슨 연으로
그대를 몰고 왔나
새큰한 코끝 향기와 더불어
눈물도 같이 달고 왔나

그 밤은 무슨 연으로
그대로 가득 찼나
눅눅하고 시린 빗물만
발끝 앞으로 툭툭 떨구던

그대, 가장 어둡고 차가웠던
너라는 나의 밤이여

2017.4.1

안부인사,
괜찮은가요?

잘 지내시나요,

하고 물어봐도 괜찮을까요

날씨가 추워져 감기라도 걸린 건 아닌지

아침밥, 꼬박꼬박 챙겨 먹는지

그런 작고 소소한 것들

물어봐도 괜찮을까요

당신 없는 시간을

눈감고 홀로 살아내다 보니

어느덧 시간이 꽤 흘러버렸네요

이젠 점점 희미해져 가는 당신을

더는 사랑할 수 없는 건가요

더는 안아볼 수 없는 건가요

잘 지내시나요,

언젠가 당신이 나를 거의 잊어갈 때쯤

처음 마주친 것처럼 다가가

잘 지내시나요,

하고 물어봐도 괜찮을까요

2017.3.18

이제야 말하는

당신이 내 곁을 떠나고 나서야
좁힐 수 있었던 우리의 간격을
서서히 서로를 잊어가면서
떠올릴 수 있었던 그날의 추억을
뒤늦게나마 알아차린
그날의 따뜻함과 행복을
잃고 난 뒤에야 웅얼거린

당신을 사랑했었다

2017.3.11

널 더하며

아침 햇살을 받으며
어제와 비슷한 시간에
널 떠올린다

잠자리에 누워
어제와 비슷한 이유로
널 그린다

어제와 비슷한 맘으로
어제와 비슷한 말을 하고
어제와 비슷한 내가
그때와 비슷할 널 사랑한다

어제와 비슷한 오늘을 보내며
일상에 너를 더한다

2017.3.4

일상

이제는 일상처럼 떠올리게 되는
당신의 얼굴과
이제는 일상처럼 부르게 되는
당신의 이름을
그저 가슴 속에만 적셔두기에는
이제는 당신이 되어버린
내 모든 일상이
내게 너무 깊숙이 들어와
일상처럼 찌들어
날 녹여버렸다

2016.5.28

바람도 기다리며

더운 바람 부는 날엔
우리의 그 자리에 앉아
신선한 바람을 기다리곤 한다
네 머리카락 간질이던
그 날의 바람을

더운 바람 맞으며
우리의 그 자리에 앉아
그때의 그 노래를 듣곤 한다
영원히 오지 않을
너를 기다리며

너를 기다리며
난 그 더운 바람을 다시 기다린다
네가 떠나가던 날
내 얼굴과 등 뒤를 적셔놓은
벤치 뒤 더운 바람을

2017.8.5

놓치며

수줍었던 건지
가슴앓이가 도졌던 건지
마지막 그대의 눈길을 피해버렸다
우리의 마지막 자리를 물리고
거짓 웃음만 남긴 채
그대를 잊을 뻔 했다

아무리 걸어도 다다르지 않을
아무리 손을 뻗어도 닿지 않는
그런 그대를
시린 눈으로 놓아버렸다

필연적인 부조합이라도
이제 조금은 낯설어진 내가 되어
그대에게 손을 뻗는다

닿지도 못할 내 손길과 시를
다시 또 그대에게

2016.5.1

딴따라

희미해진 그대 목소리가
아직도 내 안을 울리고
그대의 기타소리는
마치 내 심장의 핏줄을 뜯는 것 같아
아스라지듯 아픈데

오늘처럼 널 그릴 때면
새삼 혼자라는 걸 느끼며,
또 혼자 남게 되었다고 울먹인다

나 없이도 모든 걸 채운 그대여
난 그대 마음의 한 구절도
가져가지 못했나

2016.1.15

우리는
사랑이었을까

우리는 어땠을까
달짝지근하면서도
두리뭉슬하고
이상야릇하지 않았던가

상쾌해서 난 찝찝했고
그저 또 다른 시간을
다른 사랑으로 걸어갈 뿐이라고
그렇게 생각했는데

난 너 없는 시간에
우뚝 선 채로
가끔 이런 질문을 한다

우리는 뭐였을까
나는 너에게 괴물이 된 건 아닌지
너는 나에게 추억이 되어
내 뿌리를 타고 내가 되었는데

우리는 사랑이었을까
너는 나에게
나는 너에게

2016.8.13

모두 버리며

너를 눈감고도 떠올릴 수 있게 된 날
네 사진을 지웠다
머리칼을 간질이는 바람소리에서도
네 목소리를 들을 수 있게 된 날
내 귀를 닫았다
모든 단어와 은유로
닿지 못할 편지와 시를
너로 채우게 된 날
눈을 천천히 떴다

나를 채운
나의 모든
너에게 쓸려 침식된
마지막 모양으로 서있다

2016.9.3

별을 찾다

밤하늘의 별들도 빛을 잃은 지금
모두가 나와 함께 별을 지웠다

별은
더 이상 내 곁을 반짝이며 품어주지 않고
그저 암흑을 덮어 눈을 감았다

저기 어디 있을
보이지 않고
빛나지 않는

이제 별은
곁에서 비추는 따스함이 아닌
곁에 있다 사라진
너와 똑 닮은 존재

나, 오늘도
심연의 밤하늘을 올려다 보며
너, 별을 찾는다

2016.8.20

40

한여름 밤의 꿈

쓰디쓴 밤 공기가
콧잔등을 긁어놓고
뜨거운 장맛비가
얼굴을 더럽힐 때면
너와 함께 한
그 옛날
기분 좋은 여름이 그립다

시원한 밤바람이
이제는 귓가를 시리게 스치이고
주척주척 나리는 비는
우리의 수다에 끼어들어
자꾸만 웃음을 던진다

한여름 밤의 꿈
그대와 내가 함께 한
아롱거리는 분홍빛 추억

2016.7.23

이름마저 사랑하게 되었다

그대, 이름마저 사랑하게 되었다
언제나 강하게 각인된
당당하고도 아름다운
그대 이름 세 글자가
어찌 나에게는 너무도 사랑스럽다

이제, 나 그대 이름마저
찬양할 수 있게 되었다
보다 더 큰 사랑을 그대에게
그래서 더욱이 사랑하게 되었다

언젠가,
너 그 자체를 사랑하게 되리라

2016.6.26

역행

오늘은 오래 전
너와 내가 걷던 길을 따라
걸어 보았다

입구에 작은 유치원 하나
아이들 소리가 들려온다

가던 길 마디마다
거친 돌담들과 울타리
속에 끼워 넣었던
작은 손 편지와 과자봉지

길을 돌아 사거리에 서면
무뎌져 버린 가로등이 서있는
낯선 너의 길이 나에게
이리 오라 손짓했다

내리막길 위에 얹어놓은
희미해진 페인트 자국들은
너를 기억하겠지
돌담들은 너와 날 기억하겠지

이제는 나만 혼자 남아
그 길을 걸었다

기억들이 주욱 뻗어있다

2015.12.3.

눈이 내리는 날

이번 겨울은
눈보다 그대가 먼저 내렸다
그대가 몰고 온 눈과 추위는
이 땅에 자꾸만 쌓이며
누군가의, 누군가의 입을 타며
돌아다녔으며
내 소매를 간지럽혔다

이번 겨울은
눈보다 그대가 먼저 내렸으나
날이 풀리고 밤이 짧아지며
그대가 쌓인 땅은 자꾸만 사라져만 갔다

이번 겨울에
눈이 내리는 날에는
눈보다 그대가 먼저 내렸다

2018.2.10

진눈깨비

꼭 오늘처럼, 겨울 같던 비가
우리들 위로 내린 날이 있었죠
신호등 불빛을, 가로등 불빛을 잔뜩 머금은
눈처럼 내리던 빗물은 눈물 나게 아름다웠고
내 때문은 신발 위로, 당신의 하얀 신발 위로
혹은 당신의 눈가에 잔뜩 내려
다음날 아침, 어쩌면 새벽에
어디론가 날아가버렸죠

우리는 둘 다 비를 좋아한다며 웃었고
나는 비를 잔뜩 맞으며
당신은 우산 아래에서 비를 흘리며
거짓말처럼 우리의 비는 그쳐버렸죠

이제 와서야 나는 비를 맞으며
우리가 멀어진 거리를, 보내온 시간을
비가 내리는 새벽을 생각합니다

2018.3.11

환각

날이 풀린 요즘
가끔 난 당신과 마주칩니다
당신은
아침 식탁에 앉아있기도 하고
지하철 좌석에 앉아있기도 하며
대학로 근처를 걷고 있거나
어디 식당 같은 곳에서
반짝 지나치기도 합니다
꽤 따뜻해진 요즘
당신은 봄 햇살을 타고
아지랑이처럼 흔들리며
가끔 나에게 찾아오곤 합니다
나의 작은 환각, 약간의 빈혈과

2018.3.17

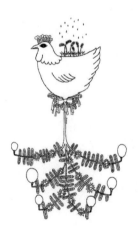

Part 4

이미 끝나버린 사랑을 부여잡고

너에게 내가, 내 글이 닿기를 바라는

그래서 누구에게도 닿지 못하는,

그저, 닿기를

97 81 104 88 78 68 64 54 53 28 12 34 7

별똥별

난 별똥별이 되어
우주를 헤엄치다가
당신과 부딪히면
사랑에 빠지는 거야
영원히 불타오르는
태양 같은 당신이라도 좋아
당신에게 온 몸을 태워
녹아버려도 좋아
아님 온 몸이 녹아내려
눈물로 가득 찬
그런 당신이라도 좋아
당신 밑바닥까지
가라앉아 살아가도 좋아
어떤 당신이라도 좋아
당신에게 닿는다면

2017.9.16

우주를 날아서

난 우주를 날아

너에게로 날아가는 거야

꼬리에 불을 붙이고 날아가는 거야

언젠가 너에게 닿을 때

난 부서지고 터지고

불타 사라지겠지만

난 아름다운 별이 되어

너에게로 날아가는 거야

천천히

네 삶을 공전하고 있는 너에게로

2017.5.27

비가 내리던 겨울거리

바다 위로 내리는 비처럼
나는 당신에게 쌓이지 못하고
똑같은 날 내 자리로 돌아가
비가 되어 당신 위로 내린다

점점
당신을 사랑한 날보다
그리워한 날이 더 쌓여가고
그럼에도 내 사랑은
당신에게 쌓이지 못한다

끝나지 않을 나의 겨울거리
쌓이지 못할 시간들이

2017.11.11

안개꽃

널 기다리다 보면
가끔은 날 잊을 때가 있다
그저 너만을 그리며
금방 네가 된다

이제 와서는 별로
기억나는 장면도 없으면서도
얼마 남지 않은 조각들을 붙들고
또 금방 네가 된다

네가 된다
널 그리던 날 건너
추억하던 조각들을 건너
안개꽃 한 아름 안고 있을

2017.7.15

남겨지다

너에게 보내려 했던 편지가
책상 위에 남아있다
너에게 보내려 했던 시가
맘 속에만 남아있다
너와 함께 보내려 했던 시간이
다짐 속에만 남아있고
너에게 보내려 했던 사랑이
내 두 손 위에만 남아있다

계절 속에 추억 속에
남기고 남기다
널 잃어버렸다

2017.5.6

밤하늘
귀퉁이에서

오늘밤 난 아직도
외로운 별을 하나씩 이어
밤하늘에 느슨한 수를 놓는다
그저 눈동자를 힘없이 굴려
새까만 하늘을 바늘로 뚫어
오색실을 천천히 엮는다

이어진 실을 타고
별자리로, 달로, 또 너로
하나하나 이어지기를
아이처럼 바라는

마침내
금색 실이 너를 타고 은하를 넘어
우리가 사는 우주까지 넘을 때
또 다시 너에게 닿을 때,
너는 어떤 얼굴을 하고 있을까

22017.2.25

다른 사람들

당신이 준 외로움을
어찌 다른 사람들로
씻어낼 수 있겠습니까
당신이 없어 그리운 밤을
다른 이로 채우려 하다니,
날이 갈수록 희미해지는
당신을 꿈에서나 붙잡고
밤마다 울어대는
여전히 어린 나를

2017.1.28

당신의
아웃사이더

그대 행복하기를
매일같이 바라고 기도하던 내가
무뎌진 계단 끝을 오르다
문득 그대에게 고백하고 싶은 게 생겼다

그대 나 없이도
너무도 행복한데
무슨 수로 행복을 줄 수 있는지
그대를 사랑한다는 말도
그대가 보고싶다는 말도
그대에겐 너무도 흔할텐데

나의 모든 것을 채우고
나의 모든 것을 이루고
나의 모든 것을 가져간 그대를
단 한 번의 눈빛으로 날 구하고
단 한 번의 속삭임으로 날 채우고
단 한 번의 목소리로 날 웃게 하는

난 그대에게 아무것도 아니고
난 그대없이 아무것도 아닌데

2016.11.5

너에게
닿을 때

그대와 나를 이어둘

그 어떤 사람도 공간도

더 이상 내 곁에 없음을

매일같이 안타까워하며

한숨으로 채우고 있다

나의 목소리가

그대에게 닿을 수 없음을

나의 무능을 한탄하며

이렇게 김빠진 언어를

종이 위에 굴리고 있다

언젠가, 나의 목소리가

달을 위성삼아

잠든 그대 얼굴 너머로

달빛으로 닿을 때

그대 아름다움에

조금이라도 더해줬음에,

녹아내리리라

이 세상에서

2016.10.30

낙하,
혹은 추락

당신에게 떨어지고 있습니다

어제는 추락에 가깝게

또 지금은 나비처럼

혹은 낙화하듯

만고의 시간을 밟고

천천히, 멀고도 먼 당신에게로

떨어지는 중입니다

일상을 붙들고 있기에는 그대가

내 맘만 붙들고 있기에는 세상이

날 거침없이 몰아붙여

결국은 그대에게로 떨어지게 된 것입니다

낙하, 또는 추락이나 무중력을 밟고

마음에도 없는 미소를 띄며

시를 편지처럼 묶어 안은 채

나와 함께 떨어지는 중입니다

2016.4.16

네가 놓은
너라는
밤하늘

밤하늘 따라서

그대에게 닿기를

새까만 그대 머리

밤하늘에 내린

빛나는 별

그대의 눈동자

그대 집 앞에

그대와 똑 닮은

민들레 꽃 한 송이 놓아두고

달아나보고 싶었다

닿을 수도 없는

밤하늘, 내 사랑이여

2015.11.5

당신에게 닿기를

꿈 꾸듯이 몽롱하게
죽은 듯 살아가던 나를
일으켜 세워주신 당신께

지금의 나는
어제의 당신을 사랑했던
그리고 그 전에도
당신을 사랑했던 내가
만든 것인지도 모릅니다

숨만 붙은 시체 같던 내가
어쩌면 말장난일지도 모르는
이 편지같은 시들을
그대에게 쓴다는 건, 어쩌면
내 마지막
구애일지도 모릅니다

무시하셔도 사랑합니다
마지막 남은 뜨거운 순정으로
실낱같은 목숨과 더불어
그대를 그린다는 게
얼마나 큰 축복인지

사랑합니다, 당신을
언젠가 이 시, 마음
그대에게 따사로이 닿기를

2016.6.4

7

개화의
날까지

작은 꽃잎에 피어난
작았던 나의 마음이
너에게 닿기까지

뿌리부터 꽃잎까지
모두 내 사랑으로
꽃피울 때까지

땅을 촉촉히 적시어 버린
새벽에 맺힌 이슬을 담은
너의 눈물까지

너에게 나를

거름으로 주고자 한
내 모든 시간들까지
모두 너의 뿌리에서 나와
너의 줄기를 타고 올라
너의 잎과 꽃을 피운 그 시간들
꽃은 날 원망하지도 사랑하지도 않고
언젠가 꽃잎을 떨구며 시들어버리지만
후회하진 않는다

너에게 가까울 때까지

2015.8.27

Part 5

복잡한 게 싫어
단순히 살고자 하는 내가
단순함을 위해
복잡함을 거쳐와 복잡해져
자꾸만 복잡함에 대해
고찰하게 된다.

고찰하는

비

나는 장맛비를 닮은 것 같다
정신 없이 떨어져서
땅에 닿아 부서지고
흐르고 또 흘러서
어디론가 사라진다
나조차 모르는 곳으로
떠나간 그 자리에는
찝찝함만을 남긴 채

넌 겨울비를 닮아있다
금방이라도 눈이 될 듯이
차갑다

2016.7.17

어떤 사람

사람이
스스로의 심장 소리가
귓가에 울리지 않는다면
식어버린 사람이다

스스로의 심장 소리가
온몸으로 느껴진다면
사랑에 빠진 사람이다

두 눈을 감고
다른 사람의 심장소리를
들을 수 있다면
느낄 수 있다면
사랑하고 있는 사람이다

2016.1.29

네가
찾아오는
날마다

흐려지는 모습으로도

나의 눈가를 흐리게 하고

잊혀지는 목소리로도

나의 가슴을 적신다

네가 하던

네가 주던

네가 먹던

네가 듣던

네가,

이제 나의 일부가 되어

마치 곁에 있는 듯

밤마다 찾아온다

나의 꿈이여,

나의 뮤즈여

시는 그대와 있는

야밤에 쓰여져

펜 끝을 타고

종이에만 남는구나

2016.1.8

운다는 것

운다는 건
가슴이 먹먹해지고
가장 초라하게
눈물을 흘린다는 것

운다는 건
그대를 보내고
지난 내 사랑과
이별하는 것

운다는 건
눈물을 흘린다는 건
닿을 수 없는 너에게
사랑의 시를 쓴다라는 것

너를 사랑한다는 건
기쁘게 눈물을 흘리는 것

2016.6.18

사색이
꼬리를 물고
너를 물면

내 옆자리가 비어있어
혼자 밥을 먹을 때면
좁은 골목길을 걸을 때면
널 닮은 뒷모습을 바라볼 때면

침대에서 무거운 몸을 일으키고
사람으로 가득 찬 외로운 거리를 걷고
시간에 기울어진 가로수를
구름이 드리워진 달을
한없이 빽빽해진 내 편지를
오래된 네 사진을 볼 때면
그저 두 눈을 감을 뿐이다

차오르는 눈물아
네가 떨어져 가슴에 닿아
차게 번지면,
그녀에게까지 번지면
꿈 속에서나 만나리라

2016.2.12

아무것도
아닌

아무것도 아니었나
너와 나
그 짧은 눈맞춤도
너와 나의 대화도
내 웃음도
네 입을 가리던 손도
시간에 먹혀
의미마저 잃어버렸나

똑같이 일어나
반대로 걸어가
서로의 눈치만
살피며 건너던

다른 사람들처럼
물리적 존재만을 가진

정말 이제 우리는
아무것도 아닌가

2016.9.10

아이러니

겨울의 더위만큼
불쾌한 게 또 없다
겨울의 추위를 위해
애써 준비한 내 따스함이
무참히 묵살되는 걸
온몸으로 느낀다는 건

날 밀어내는 것만큼
아쉬운 게 또 없다
너의 마음을 위해
애써 배려하는 내 태도를
네가 질려하며
날 밀어낸다는 건

호의마저 밀어내는 너에게
시를 쓴다는 건 너무도 슬프지만은
그런 너이기에
시를 쓰게 만들고
그리하여 매일 밤
네가 시상을 타고 찾아온다라는
그런 꿈같은 이야기가 아닌가 싶다

2016.12.31

소모적 심상

이렇게 시만 읽다가는
그대를 잃어버릴지도 모르겠다
그대를 그리워하기만 하다가는
가슴이 다 닳아버릴지도 모르겠다
가슴만 쥐어뜯다가는
다시 또, 그대를 잃을지도 모르겠다

시간의 흐름이
밀물처럼 내 가슴에 다가왔다가
그대를 바라는 내 시가
썰물처럼 그대를 밀어내버리니

시를 쓰다 마모된 내 사랑은
이제 어디에 묻혔는지
어디로 쓸려갔는지
어디서 잃은 건지

2016.5.21

사랑 아니더라도

그댈 향한 내 마음이
사랑이 아니라고,
누가 그런 적이 있습니다
갖지 못해서 울고 부는
아이 같다고
무모한 폭력이라고
집착이라고

그댈 향한 내 마음이
사랑이 아니라면
그대 마음 한 구절 차지하지 못해
안타까워 우는 게 아이 같다면
보이지도 않는 그대를 찾는 게
무모한 폭력이라면
그댈 위해 매일같이 기도 드리는 게
집착이라면,
사랑, 아니어도 좋습니다

2016.6.11

사랑, 그 작은 기적

사랑,
당신이라는 이름 아래서
그 작은 기적 안에서

사랑,
어떤 이름으로 불러야 할지 몰라
당신, 당신하고 부르며

사랑,
부르기만 해도 눈물겨운
그 작은 단어를 굴리며

내 가슴 속에 당신이라는 이름으로
콱 박혀있는
사랑, 그 작은 기적

2017.2.19

널 꺼내보며 끄적이다

너는 늘 밤에 찾아온다
고요함과 어두움을 담은
차가운 새벽에 찾아온다

밀려드는 감상과 추억들
그때와도 비슷한 지금, 이 밤은
어쩌면 널 잃은 내 가슴 속과도 닮아
어둠으로 하여금 널 데리고 온다

아, 향긋한 밤 내음아
너는 차가운 밤에 찾아와
그녀의 모습을 한 채
기억과 함께 새벽에 쓰여져
이렇게 종이 위에만 남는구나

2016.7.9

겨울은 그랬다

눈 온 날의 새벽이 희다
발자국 채 닿지 않은
눈 쌓인 도로와
가로수 가지 위에
소복이 내려앉은
아침이 시리도록 희다

그 희고 정갈함을 밟을까
발걸음마저 조심스러울 때가 있다
먼저 간 사람들이 밟아 놓은
검댕에 물든 눈만 밟는
마치 너에게 빠질까 두려워
너의 검댕 묻은 모습만 보던
내 어렸던 그때처럼

2017.1.21

울타리꽃

차갑고 높은 울타리 위에만
그대라는 울타리 꽃이 핀다

그대 한 아름 피어있어
멀리서부터 찾아왔건만
그대는 울타리 위에만 맺혀있다

나는 도둑놈이라 오해 받을까
울타릴 넘을 수도 없고
그대가 아파하고 울까 봐
꽃잎 끌어안고 도망칠 수도 없다

그저, 그대가 나도 타고 올라올 때까지
울타리처럼 서서 그대를 기다리기로 했다

2017.4.15

걱정

네 웃음 가득한 일상에
내가 들어갈 곳이 있을까
네 일상에 칼집을 내고
내 슬픔을 구겨 넣을 수 있는
네 안에 그런 여유가 있을까

내가 그럴 수 있을까
사랑한다는 이유로
너에게 상처를 주고
널 사랑한다면
널 떠나야 하지 않을까

넌 알고 있을까
널 어떻게 품을지도 모르는
이런 내 마음을
이렇게 울고만 있어도
넌 멀어져만 가는데

2017.7.23

당신도 누군가의

당신도 누군가의 사랑이었겠지
오늘 찬거리 생각하는 아지매도
어느 뜨거운 청년의 첫사랑이었겠지
모기향 타 들어가는 모습을
지그시 쳐다보며
지팡이만 쓰다듬고 있는 할비도
이북에 두고 온 아낙네 남편이었겠지
당신도 누군가의 사랑이었겠지
누군가 밤마다 눈물 흘리며
시를 쓰게 만드는
당신도 누군가의 소중한
첫사랑이었겠지

2017.8.19

날 슬프게 하는 것들

새벽부터 비가 잔뜩 내려
아침엔 창문을 적시고
저녁엔 버스 창문에서 흐르던
그 날, 네 눈가를 잔뜩 적신
빗물처럼

내가 밉다고 울며
날 안아주던
안개꽃 뭉텅이처럼
내 품속에서 가늘게 떨리던
네 작은 어깨처럼

언제나 날 슬프게 하는 것들은
왜 모두
작고 흔들리는 것인지 모르겠다

2017.9.2

이상한

우린 참 이상한 사랑을 했다
멀리서는 그토록 설레었지만
눈 앞에선 아무렇지도 않았고
말은 참 잘 맞았지만
생각은 언제나 빗나갔던

내 외로움보다
우리의 그리움이 더 컸던
이상한 사랑을 했다

2017.10.21

사랑은 못 되었던
우리는

두 번째였던 우리는
결국 첫 번째에 밀려
서로를 맨 뒤로 밀어냈다

서로가 두 번째였던 우리는
서로에게 최선이 될 수 없었고
사랑한다는 말만으로는
사랑할 수 없다는
어느 노래 가사처럼
각자 밀려나 스러졌다

사랑이 부러워
외로움이 버거워 하는 사랑은
사랑의 이름조차
흉내 낼 수 없었다

2017.11.26

네가 너무 아름다워

네가 너무 아름다워 나는 힘겹다 너의 아름다움
에 나의 추악함을 견주어 보는 일이 너무도 고통
스럽다 너의 꾸밈없는 일상이 아름다운 것과 나
의 외로운 일상이 끝나지 않는 것이 언젠가 너
로 인해 나의 일상이 끝난다고 기대하는 것이
고통스럽다

그럼에도 나의 이야기를 너로 포장하는 것과
여전히 살겠다고 헉헉, 숨 쉬는 게 고통스럽다

2018.1.13

내 사랑의 이름을

기억이 풍선처럼 부풀려져
희미해질 무렵부터
내 주변의 모든 것들을
사랑하고자 했다
그리하여 그대는
나의 첫사랑이 아니다
그러나 그대
내가 사랑하는 모든 것들이 떠나가더라도
그 모든 것들이 날 사랑하지 않더라도
혼자만이라도 그들을 끌어안고
영원히 사랑하리라고
그대만은
언제나 가슴속에 묻고 사랑하리라고
그리하여 그대는
내 영원한 끝사랑임을

2017.12.10

꽃

나는 가로수 길을 좀 걷거나
혹은 눈 쌓인 강가를 걸으며
당신에게 줄 꽃 몇 송이를 생각한다

나는 꽃 몇 송이를 보며
당신을 생각한다
그리고 당신에게 사랑 몇 송이
꺾어갈 생각도 해본다

그러나 씩 웃으며
꽃도 꽃 나름이라며
그저 꽃을 품으며
당신에게 줄 몇 송이 꽃을
여전히 생각하고 있을 뿐이다

2018.1.27

Part 6

따사로운 날들을 보내기를,
행복하기를,
언제 봐도
언제나 새롭고 아름다운 구절,

Shine on you

61 110 74 52 17 25 11 4 50 48 79 82

편지 3

내겐 기적이라는 걸
그대가 내 곁으로 왔다는 건
내겐 선물이라는 걸
그대와 함께한 그 따스한 날들이

그대가 두고 간
그때는 익숙해져 알지 못했던
그대의 한숨 소리가
잠에 들 수가 없는,
이런 편지 같은 시를 덮고서야
드디어 불편한 눈을 감는,

나의 차가웠던 가을보다
그대의 따스한 겨울날에
더 큰 사랑 할 수 있기를

2017.1.8

갈 하늘

구름 따라가겠다던 내 모습
기억하고 있나요
우리가 가장 어리고 행복했던
그 따뜻했던 모래바닥을
당신도 나처럼 추억하고 있나요

난 지금도 그때처럼
가끔은 아무데나 누워
구름을 따라가곤 해요
우리가 가장 어리고 행복했던
그날을 덮어주던 구름을

2017.12.25

당신 안에서 꽃이 되겠지요

우리 아무리 멀리 떨어져 있다 해도
내 손이 당신을 가득 감싸
당신 하늘 푸르게 물들일 수 있다면

우리 이렇게 각자의 자리에서
서로의 모습 잘 보이진 않는다 해도
내가 당신을 따스하게 안아준다면
매일같이 당신 맘속에서
샛노랗게 피어오르겠지요

2017.4.9

선물

그대에게 줄
나의 세 가지
초라한 선물

하나는 나의 입으로
그대 매일같이 행복하게
따스한 날들을 보내게 해달라는
나의 아침기도

또 하나는 나의 가슴으로
그대 언제나 사랑 받고 있음을
그리고 언제까지나 사랑받으리라는
나의 큰 사랑

마지막으로 나의 손 끝으로
밤마다 그대와 함께
미친 듯 밀려오는
이 작은 시 한 토막, 토막들

2016.10.22

편지

너의 시선만으로도
작은 목소리로도
나의 마음을
따사로이 덮는다

나의 사랑으로도
나의 마음으로도
너의 시린 어깨
덮을 수만 있으면

나 이렇게 시를 써본다
더 따뜻하게
나 오늘도 너를 그린다
더 아름답게

흩날리는 빗물만 봐도
목이 매어오고
그대 닮은 뒷모습만 봐도
난 숨이 멎는다

그대 언제나
따사로운 날들을
보내길 바란다
나의 사랑아

2015.12.11

편지 2

그날의 웃음이
지금의 눈물로
끓어오르는 가슴을
사정없이 두드린다

그대, 그날의 눈물이
오늘의 웃음이 되길
나의 웃음도 가져가
행복으로 환전하길
여전히 아름다운 그대,
행복 속에 살길
사랑 속에 살길

2016.3.5

11

욕심

그대 행복해 줘요
사람 때문에
사랑 때문에
행복에 묻혀 줘요

그대 행복해 줘요
눈물은 저 멀리
슬픔도 영원히 안녕히
영원히 행복해 줘요

다시, 그대 행복해 줘요
나에게 슬픔을 주어서라도
그대 행복해 줘요
행복에 겨워서
가끔은 불안할 정도로
그대, 행복해 줘요

마지막으로, 그대 행복해 줘요
마지막 욕심으로
나 역시 그대 행복으로 더해줘요

2015.10.29

고목의 말

난 움직이지 않습니다
난 나무입니다

무지개처럼 비가 올 때만도 아니며
별똥별처럼 지구 근처를 지날 때만도 아니며
가을에만 쉬이 지나가는 태풍도 아닙니다

그저 당신의 집 앞마당에서
한없이 서있겠습니다
가끔씩 심심할 때나
당신이 창 밖을 보며
그 늙은 의자에 앉아 있을 때에는

가끔은 내 가지를 다듬고
가끔은 내 꽃을 만지고
가끔은 내 낙엽을 봐주세요

2015.7.2

하루가 편지로 가득 차는 날

네가 막연히 그리워지는 날이 있다
그때는 아무런 의미 없이
또 아무런 생각도 없이
그렇게 흘러간 짧은 시간이
지금이나 되어서야 날 괴롭힌다

그냥, 네 얼굴이 떠오르는 날이 있다
널 담은 옛 풍경도
널 닮은 뒷모습도 아닌
그저 일상 속에 깊게 침투한 네가
그날을 가득 채운다

마치 오늘 같은 날
네가 그리워 시를 쓰고
날 닮은 제목의 노래를 들으며
네 생각과 닮은 가사를 읊으며
하루를 너로 가득 채우는 날이 있다

아무리 미래로 노를 저어도
너라는 과거의 물안개만 보게 하는
그런 날이 있다

2016.10.8

푸념 합니다

눈물겨운 사랑
혼자 지켜내기
참 어렵네요
그대가 깨운 아침에
그대가 없고
그대가 이끈 발걸음마다
한번을 마주치질 못하니

섭섭한 눈가에
잔뜩 맺혀버린
그대를 걷어내기 참 힘드네요

사랑,
혼자 하기 참 힘드네요

2016.9.24

꽃을
꺾다

바람에 연신 고개를 끄덕이다
휘, 하고 날아간 그대를
그대가 울린 그 많은 가슴들을
그 가슴들이 제 슬픔에 울려
떨군 그 많은 눈물들을
고요함이 찾아와 날 덮어
그대를 떠올리던 그 많은 밤들을
그 따뜻하던 겨울을, 차갑던 빗물을

나 오늘,
꽃을 꺾듯 그대를 떠올리다

2017.5.14

우리의 어떤 계절

잠자리채와 모종삽
그 둘이 점잖게 기대어 있던
퍼런 느티나무 아래에서
우리는 두 번의 여름을 기다렸다

유난히 찌던 첫 번째 여름
너는 그 여름날과 입술을
모두 가져가고는 돌려주질 않았다

봄날의 문턱에서, 두 번째 여름
소주잔에 희미하게 비치던 네가
나를 잔뜩 안았다

그 뒤로도 몇 번의 여름
그때의 여름에 다시 빠져보고 싶다고
그런 시시한 상상을 하곤 한다
그대, 내 가장 강렬했던 계절이여

2017.6.3

Part 7

그러나
언제나 이별하고자 하는,
나의 지긋지긋한 심상과 혹은,
네가 날 밀어낸다면

이젠 안녕

51 102 100 96 111 65 27 55

맺음말

그리운 사람아
그대를 잊기 위해
마지막 편지를
마지막 사랑을 써본다
너무도 아프고
또 한참을 울겠지만
그대와의 시간을
간직하며 살기엔
내 가슴이
너무도 초라하니까

봄 같던 그대를
겨울 같은 내가
품고 있기엔
그대 눈물마저 얼어버리겠지만
나 그대로 인해
한없이 녹아내렸음을
감사해, 또 그리워해

그대, 날 잊고 살아도
앨범 사진 꺼내보는 것처럼
가끔은 나와의 시간을 추억해주길
이젠 안녕
이 시가 그대와 나의
마지막 페이진가 봐

2016.10.15

당신을 묻어가며

그대 가슴속에 묻어두기로 하고

그대 잊으려고 합니다

내 사랑이 그대에게

정말 아무렇지도 않아서

정말 아무렇지도 않은 게

내 모든 것이라서

그대를 첫사랑이란

정말 흔한 이름으로 부르며

잊고 살아가려 합니다

2017.10.28

겨울 문턱, 시린 밤과

이 밤은
구름 위에 달 하나
톡 띄워놓고
용돈 하라며 주머니에
밤바람 살짝 넣어주고
괜히 눈 시리게 바람 불어
눈물 고이게 하고
결국 눈 비비게 해
슬픈 사람처럼 만들어 놓는다

2017.10.14

당신과 내 안에서

난 여전히 당신 안에서
당신의 모든 모습을 사랑하던
나로 살고 있는지
여전히 추억 속에 소중한
당신의 사랑으로 살고 있는지
그런 당신이라면
난 당신을 떠나갈 수 있어요
당신을 잊어 줄 수 있어요
그러나 이것 하나만은
꼭 잊지 말아주세요
당신은 내 안에서
많은 모습으로
영원히 살고 있다는 걸

2017.9.10

날 잇고

앞으로 그대 사는 동안
잊고 살아줘요
오랫동안 당신을 그려도
채 잡히지 않도록
나의 사랑도
떠나버린 우리의 날들도
희미하게 작게

오직 당신을 위해
날 잇고 살아줘요

2017.12.30

잊어줘요

나를 잊어줘요
어떤 실수를 했든
그 밤을 잊어줘요
어떤 말을 했든
나의 말도 잊어줘요
아무리 한숨 쉬고 있다 해도

마음 하나 어떻게 못하는
나의 어린 모습을 잊어줘요

언젠가 누군가
나의 이름을 말해줬을 때
어렴풋이 추억할 정도로
날 잊고 살아줘요

2017.2.4.

그댈 잊으리라

나의 마지막 짧은 시로
그대를 잊으리라
나의 길고 구질구질한 사랑을
짧게 자르리라
더 이상 그대의 아름다움
칭송하지 않으리라
이제 널 닮은 뒷모습
무심코 쫓아가지 않으리라
나의 모든 사랑,
나의 시 안에서
그대와 함께 영원히 살겠지만
그대, 내 맘속에서
영원히 잊으리라

2016.4.10

그저 하루

그 똑같은 추위를
똑같이 가져온
똑같은 날이
이번만큼은 별일 없이 지나갔다

눈물을 삼키지도 않고
비를 맞으며 떨지도 않고
그대의 모든 걸 그리워하지도 않았다

그저 한 토막의 시를 읽으며
그대를 한숨과 함께 놓아주었다
그런 마법 같은 날에
아프고도 그리운 그대를 놓았다

2016.11.12

안부인사 괜찮았나요

꽃 한 송이 건네는 것처럼

안부인사,
괜찮은가요?

펴낸날	2018년 6월 14일
저자	김연서
디자인	신현
일러스트레이션	김자영
편집	김정희, 강아영
발행인	이소정
발행처	주식회사 **앤드컴퍼니**
	06130 서울시 강남구 논현동 47-7길 수부빌딩 404호
	TEL 02) 516-9712　FAX 02) 516-9421
출판등록번호	제 2018-000122 호
인쇄	주)루카스 1644-7682
ISBN	979-11-963826-0-5